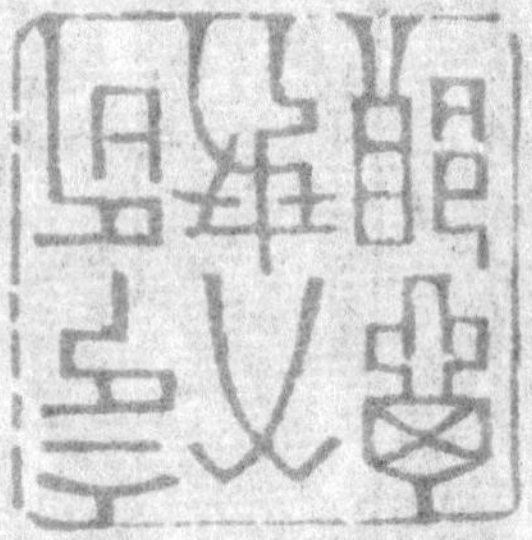

星忝

與舍弟書十六通

興化鄭燮板橋氏著

雍正十年杭州韜光庵中寄舍弟墨

誰非黃帝堯舜之子孫而至于今日其不幸而為臧獲為婢妾為輿臺皂隸窘窮迫逼無可奈何非其數十代以前即自臧獲婢妾輿臺

皂隸來也一旦奮發有為精勤不倦有及身而富貴者矣有及其子孫而富貴者矣王侯將相豈有種乎而一二失路名家落魄貴胄借祖宗以欺人述先代而自大輒曰彼何人也反在霄漢我何人也反在泥塗天道不可憑人事不可問嗟乎不知此正所謂天道人事也天道福

板橋詩文最不喜求人作叙求之王公大人既以借光為可耻求之湖海名流必至含譏帶訕遭其荼毒而無可如何總不如不叙為得也幾篇家信原算不得文章有些好處大家看看如無好處糊窗糊壁覆瓿覆盎而已何以叙為

乾隆己巳

鄭燮自題

司徒文膏刻

國望太平也只一開卷閱其題次一種憂國
憂民忽悲忽喜之情以及宗廟丘墟關山
勞戍之苦宛然在目其題如此其詩有
不痛心入骨者乎至于往來贈荅杯酒淋
漓皆一時豪傑有本有用之人故其詩
信當時傳後世而必不可廢放翁詩則
又不然詩最多題最少不過山居村居春日
秋日即事遣興而已豈放翁為詩與少陵

有二道哉蓋安史之變天下土崩郭子儀
李光弼陳元禮王思禮之流精忠勇略冠
絕一時卒復唐之社稷在八哀詩中既略
叙其人而洗兵馬諸篇又復總其全數而
賛歎之少陵非苟作也南宋時君父幽囚
棲身杭越其辱與危亦至矣講理學者推
極于毫釐分寸而卒無救時濟變之才在
朝諸大臣皆流連詩酒沉溺湖山不顧國

買田二百畝予兄弟二人各得百畝足矣亦古者一夫受田百畝之義也若再求多便是占人產業莫大罪過天下無田無業者多矣我獨何人貪求無猒窮民將何所措足乎或曰世上連阡越陌數百頃有餘者子將奈何應之曰他自做他家事我自做我家事世道盛則一德遵王風俗偷則不同爲惡亦板橋之家法也哥哥字

范縣署中寄舍弟墨第五書

作詩非難命題爲難題高則詩高題矮則詩矮不可不慎也少陵詩高絕千古自不必言即其命題已早據百尺樓上矣通體不能悉舉且就一二言之哀江頭哀王孫傷亡國也新昏別無家別垂老別前後出塞諸篇悲戍役也兵車行麗人行亂之始也達行在所三首慶中興也北征洗兵馬喜復

忍氣吞聲只得揖人笑罵工人制器利用賈人搬有運無皆有便民之處而士獨于民大不便無怪乎居四民之末也且求居四民之末而亦不可得也愚兄平生最重農夫新招佃地人必須待之以禮彼稱我爲主人我稱彼爲客戶主客原是對待之義我何貴而彼何賤乎要體貌他要憐憫他有所借貸要周全他不能償還要寬讓他嘗笑唐人七夕

詩詠牛郎織女皆作會別可憐之語殊失命名本旨織女衣之源也牽牛食之本也在天星爲最貴天顧重之而人反不重乎其務本勤民呈象昭昭可鑑矣吾邑婦人不能織紬織布然而主中饋習鍼綫猶不失爲勤謹近日頗有聽鼓兒詞以鬪葉爲戲者風俗蕩軼亟宜戒之吾家業地雖有三百畝總是典產不可久恃將來須

沒世乎我想天地間第一等人只有農夫
而士為四民之末農夫上者種地百畝其次
七八十畝其次五六十畝皆苦其身勤其
力耕種收穫以養天下之人使天下無農
夫舉世皆餓死矣吾輩讀書人入則
孝出則弟守先待後得志澤加于民
不得志脩身見于世所以又高于農夫一
等今則不然一捧書本便想中舉中

進士作官如何攫取金錢造大房屋
置多田產起手便錯走了路頭後來越
做越壞總沒有箇好結果其不能發達
者鄉里作惡小頭銳面更不可當夫束脩
自好者豈無其人經濟自期抗懷千古者
亦所在多有而好人為壞人所累遂令我
輩開不得口一開口人便笑曰汝輩書生
總是會說他日居官便不如此說了所以

然則又重爭乎後先矛盾不應至是總
之瞽儒之言必不可聽學者自出眼孔
自豎脊骨讀書可尔乾隆九年六月
十五日哥哥字

范縣署中寄舍弟墨第四書

十月二十六日得家書知新置田穫秋稼
五百斛甚喜而今而後堪為農夫以
没世矣要須製碓製磨製篩羅簸
箕製大小掃帚製升斗斛家中婦女

率諸婢妾皆令習舂揄蹂簸之事便
是一種靠田園長子孫氣象天寒冰凍
時窮親戚朋友到門先泡一大椀炒米
送手中佐以醬薑一小碟最是煖老溫
貧之具暇日咽碎米餅煮糊塗粥雙手
捧椀縮頸而啜之霜晨雪早得此周
身俱煖嗟乎嗟乎吾其長為農夫以

矣又如春秋魯國之史也使腐儒為之必自伯禽起首乃為全書如何沒頭沒腦半路上從隱公說起殊不知聖人只要明理範世不必拘牽其簡冊可考者考之不可考者置之如隱公并不可考便從桓莊起亦得或曰春秋起自隱公重讓也刪書斷自唐虞亦重讓也此與兒童之見無異試問唐虞以前天子那箇是爭來的大率

刪書斷自唐虞唐虞以前荒遠不可信也春秋起自隱公隱公以前殘缺不可考也所謂史闕文耳總是讀書要有特識依樣葫蘆無有是處而特識又不外乎至情至理歪扭亂竄無有是處

人謂史記以吳太伯為世家第一伯夷為列傳第一俱重讓國但五帝本紀以黃帝為第一是戮蚩尤用兵之始

至棄國與之而後已天子不能征方伯不能討
則夏殷之季世其搶攘淆亂爲何如尚得
謂之蕩平安輯哉至于春秋一書不過因赴告
之文書之以定褒貶左氏乃得依經作傳其時
不赴告而背理壞道亂亡破滅者十倍于左傳
而無所考即如漢陽諸姬楚實盡之諸
姬是若干國楚是何年月日如何殄滅他
亦尋不出證據來學者讀春秋經傳以
爲極亂而不知其所書尚是十之一千之百也

嗟乎吾輩既不得志于時困守于山椒海麓
之間翻閱遺編發爲長吟浩歎或喜而歌或
悲而泣誠知書中有書書外有書則心空
明而理圓湛豈復爲古人所束縛而略無
張主乎豈復爲後世小儒所顛倒迷惑反
失古人真意乎雖無帝王師相之權而
進退百王屏當千古是亦足以豪而樂

亦窮民耳開門延入商量分惠有甚
麽便拏甚麽去若一無所有便王獻
之青氈亦可攜取質百錢救急也吾弟
當留心此地為狂兒娱老之資不知可
能遂願否

范縣署中寄舍弟墨第三書

禹會諸侯于塗山執玉帛者萬國至
夏殷之際僅有三千彼七千者竟何

徃矣周武王大封同異姓合前代諸侯
得千八百國彼一千餘國又何往矣其時
强侵弱衆暴寡刀痕箭瘢薰眼破脇
奔竄死亡無地者何可勝道特無孔子
作春秋左邱明為傳記故不傳于世耳
世儒不知謂春秋為極亂之世復何道
而春秋已前皆若渾渾噩噩蕩蕩平平殊
甚可笑也以太王之賢聖為狄所侵必

左右頗多隙地幼時飲酒其傍見一片荒城半隄衰柳斷橋流水破屋叢花心竊樂之若得制錢五十千便可買地一大段他日结茅有在矣吾意欲築一土牆院子門内多栽竹樹草花用碎磚鋪曲逕一條以達二門其内茅屋二間一間坐客一間作房貯圖書史籍筆墨硯瓦酒董茶具其中為良朋好友後生小子論文賦詩之所其後住家主屋三間廚屋二間奴子屋一間共八間俱用艸苫如此足矣清晨日尚未出望東海一片紅霞薄暮斜陽滿樹立院中高處便見烟水平橋家中宴客墻外人亦望見燈火南至汝家百三十步東至小園僅一水實為恆便或曰此等宅居甚適只是怕盜賊不知盜賊

便好來往徐宗于陸白義輩是舊時同學日夕相徵逐者也猶憶談文古廟中破廊敗葉颼颼至二三鼓不去或又騎石獅子脊背上論兵起舞縱言天下事今皆落落未遇亦當分俸以敦夙好凡人于文章學問輒自謂己長科名唾手而得不知俱是儌倖設我至今不第又何處叫屈來豈得以此驕倨朋友敦

宗族睦親姻念故交大數既得其餘鄰里鄉黨相賙相恤汝自為之務在金盡而止愚兄更不必瑣瑣矣

范縣署中寄舍弟墨第二書

吾弟所買宅嚴緊密栗處家最宜只是天井太小見天不大愚兄心思曠遠不樂居耳是宅北至鸚鵡橋不過百步鸚鵡橋至杏花樓不過三十步其

病況板橋乎老弟亦當時時勸我

范縣署中寄舍弟墨

剎院寺祖墳是東門一枝大家公共的我因葬父母無地遂葬其傍得風水力成進士作官數年無恙是衆人之富貴福澤我一人奪之也於心安乎不安乎可憐我東門人取魚撈蝦撐船結網破屋中喫秕糠啜麥粥搴取荇葉蘊頭蔣角煮之旁貼蕎

麥鍋餅便是美食幼兒女爭吵每一念及真含淚欲落也汝持俸錢南歸可挨家比戶逐一散給南門六家竹橫港十八家下佃一家派雖遠亦是一脈皆當有所分惠騏驎小叔祖亦安在無父無母孤兒邨中人最能欺負宜訪求而慰問之自曾祖父至我兄弟四代親戚有久而不相識面者各贈二金以相連續此後

[illegible]

亦何足信吾輩存心須刻刻去澆存厚雖有惡
風水必變為善地此理斷可信也後世子孫清明
一塚亦祭此墓庖酒隻雞盂飯紙錢百陌著
為例　雍正十三年六月十日哥哥寄

淮安舟中寄舍弟墨

以人為可愛而我亦可愛矣以人為可惡而
我亦可惡矣東坡一生覺得世上沒有不好
的人最是他好處愚兄平生漫罵無禮然

人有一才一技之長一行一言之美未嘗不
嘖嘖稱道嚢中數千金隨手散盡愛
人故也至于缺陷欹危之處亦往往得人之
力好罵人尤好罵秀才細細想來秀才受
病只是推廓不開他若推廓得開又不
是秀才了且專罵秀才亦是冤屈而今世
上那箇是推廓得開的年老身孤當慎口
過愛人是好處罵人是不好處東坡以此受

膾炙人口，豈可得哉！此所謂不燒之燒，未怕秦灰，終歸孔炬耳。六經之文，至矣盡矣，而又有至之至者，渾淪磅礴，濶大精微，却是家常日用，禹貢、洪範、月令、七月流火是也。當刻刻尋討貫串，一刻離不得。張橫渠西銘一篇，巍然接六經而作，嗚呼休哉！

雍正十三年五月廿四日

哥哥字

焦山雙峰閣寄舍弟墨

郝家莊有墓田一塊，價十二兩，先君曾欲買置，因有無主孤墳一座，必須刨去。先君曰：嗟乎！豈有掘人之冢以自立其冢者乎？遂去之。但吾家不買，必有他人買者，此冢仍然不保。吾意欲致書郝表弟，問此地下落，若未售，則封去十二金，買以葬吾夫婦。即留此孤墳，以為牛眠一伴，刻石示子孫，永永不廢，豈非先君忠厚之義而又深之乎！夫堪輿家言

夫歐公不為不博而書之能藏秘閣者亦必非無名之子錄目數卷中竟無一人一書識者此其自焚自滅為何如尚待他人舉火乎近世所存漢魏晉叢書唐宋叢書津逮秘書唐類函說郛文獻通考杜佑通典鄭樵通志之類皆卷冊浩繁不能翻刻數百年兵火之後十亡七八矣劉向說苑新序韓詩外傳陸賈新語揚雄太玄法言王充論衡

蔡邕獨斷皆漢儒之矯矯者也雖有些零碎道理譬之六經猶蒼蠅聲耳豈得為日月經天江河行地哉吾弟讀書四書之上有六經六經之下有左史莊騷賈董策略諸葛表章韓文杜詩而已只此數書終身讀不盡終身受用不盡至如二十一史書一代之事必不可廢然魏收穢書宋子京新唐書簡而枯脫脫宋書冗而雜欲如韓文杜詩

秦始皇燒書孔子亦燒書刪書斷自唐
虞則唐虞以前孔子得而燒之矣詩三
千篇存三百十一篇則二千六百八十九篇孔子
亦得而燒之矣孔子燒其可燒故灰滅無所
復存而存者為經身尊道隆為天下後
世法始皇虎狼其心蜂蠆其性燒經滅
聖欲剜天眼而濁人心故身死宗亡國滅而
遺經復出始皇之燒亡不如孔子之燒也自漢

以來求書著書汲汲每若不可及魏晉而
下迄於唐宋著書者數千百家其間風
雲月露之辭悖理傷道之作不可勝數
常恨不得始皇而燒之而抑又不然此等
書不必始皇燒彼將自燒也昔歐陽永叔
讀書秘閣中見數千萬卷皆黴爛不可
收拾又有書目數十卷亦爛去但存數卷
而已視其人名皆不識視其書名皆未見

過之然一片怨詞滿紙悽調百川早世靈皐晚達其崎嶇也難亦至矣皆其文之所必致也吾弟為文須想春江之妙境挹先輩之美詞令人悅心娛目自尔利科名厚福澤或曰吾子論文常曰生辣曰古奥曰離奇曰澹遠何忽作此秀媚語余曰論文公道也訓子弟私情也豈有子弟而不願其富貴壽考者乎故韓非商鞅晁錯之文非不

刻削吾不願子弟學之也褚河南歐陽率更之書非不孤峭吾不願子孫學之也郊寒島瘦長吉鬼語詩非不妙吾不願子孫學之也私也非公也是日許生既白買舟繫閣下邀看江景并游一戲港書罷登舟而去

焦山別峰庵雨中無事書寄舍弟墨

字聲逸二公皆高年厚福詩人李白仙品也王維貴品也杜牧雋品也維牧皆得大名歸老輞川樊川車馬之客日造門下維之弟有縉牧之子有荀鶴又復表〻後人惟太白長流夜郎然其走馬上金鑾御手調羹貴妃侍硯與崔宗之著宮錦袍游遨江上望之如神仙過揚州未匝月用朝廷金錢三十六萬凡失路名流落魄公子皆厚贈之此其際遇何如哉正不得以夜郎爲太白病先朝董思白我朝韓慕廬皆以鮮秀之筆作爲制藝取重當時思翁猶是慶曆規模慕廬則一掃從前橫斜疎放愈不整齊愈覺妍妙二公並以大宗伯歸老於家享江山兒女之樂方百川靈皐兩先生出慕廬門下學其文而精思刻酷

復明心見性之規秀才亦是孔子罪人不仁不智無禮無義無復守先待後之意秀才罵和尚和上亦罵秀才語云各人自掃階前雪莫管他家屋瓦霜老弟以爲然否偶有所觸書以寄汝并示無方師一笑也

儀真縣江村茶社寄舍弟

江雨初晴宿烟收盡林花碧柳皆洗

沐以待朝暾而又嬌鳥喚人微風疊浪吳楚諸山青葱明秀幾欲渡江而來此時坐水閣上烹龍鳳茶燒夾剪香令友人吹笛作落梅花一弄真是人間仙境也嗟乎爲文者不當如是乎一種新鮮秀活之氣宜場屋利科名即其人富貴福澤享用自從容無棘刺王逸少虞世南書字

耳可哀可歎吾弟識之

焦山讀書寄四弟墨

僧人徧滿天下衆是西域送來的即吾中國之父兄子弟窮而無歸入而難返者也削去頭髮便是他留起頭髮還是我怒眉瞋目叱為異端而深惡痛絶之亦覺太過佛自周昭王時下生迄於滅度足跡未嘗履中國土

後八百年而有漢明帝說謊說夢惹出這塲事來佛實不聞不曉今不責明帝而齊聲罵佛佛何辜乎況自昌黎闢佛以來孔道大明佛熖漸息帝王卿相一遵六經四子之書以為齊家治國平天下之道此時而猶言闢佛亦如同嚼蠟而已和尚是佛之罪人殺盜淫妄貪婪勢利無

善禍淫彼善而富貴尔淫而貧賤
理也庸何傷天道循環倚伏彼祖
宗貧賤今當富貴尔祖宗富貴今
當貧賤理也又何傷天道如此人事
即在其中矣愚兄為秀才時撿家
中舊書簏得前代家奴契券即
於燈下焚去并不返諸其人恐明與
之反多一番形迹增一番愧恧自我

用人從不書券合則留不合則去何
苦存此一紙使吾後世子孫借為口實
以便苛求抑勒乎如此存心是為人處
即是為己處若事事預留把柄使入
其網羅無能逃脫其窮愈速其禍
即來其子孫即有不可問之事不可
測之憂試看世間會打算的何曾
打算得別人一點直是算盡自家

之大計是豈得爲有人乎是豈可辱吾詩歌而勞吾贈答乎直以山居村居夏日秋日了却詩債而已且國將亡必多忌躬行桀紂必曰駕堯舜而軼湯武宋自紹興以來主和議增歲幣送尊號處卑朝括民膏戮大將無惡不作無陋不爲百姓莫敢言喘放翁惡得形諸篇翰以自取戾乎故杜詩之有人誠有人也陸詩之無人誠無人也杜之歷陳時事寓諫諍也陸之絶口不言免羅織也雖以放翁詩題與少陵並列奚不可也近世詩家題目非賞花即讌集非喜晤即贈行滿紙人名某軒某園某亭某齋某樓某岩某邨某墅皆市井流俗不堪之子今日纔立别號明日便上詩箋其題如此其詩可知其詩如此其人品又可知吾弟欲從事于此可以終歲不作不可以一字苟

百三十篇中以項羽本紀為最而項羽本紀中又以鉅鹿之戰鴻門之宴垓下之會為最反覆誦觀可欣可泣在此數段耳若一部史記篇篇都讀字字都記豈非沒分曉的鈍漢更有小說家言各種傳奇惡曲及打油詩詞亦復寓目不忘如破爛廚櫃臭油壞醬悉貯其中其齷齪亦耐不得

濰縣署中與舍弟墨第二書

余五十二歲始得一子豈有不愛之理然愛之必以其道雖嬉戲頑耍務令忠厚悱惻毋為刻急也平生最不喜籠中養鳥我圖娛悅彼在囚牢何情何理而必屈物之性以適吾性乎至于髮繫蜻蜓線縛螃蟹為小兒頑具不過一時片刻便摺拉而死夫天地生物化育劬勞一蟻一蟲皆本陰陽五行之氣絪縕而出上帝亦心心愛念

而萬物之性人為貴吾輩竟不能體天之心以為心萬物將何所託命乎蛇蚖蜈蚣豺狼虎豹蟲之最毒者也然天既生之我何得而殺之若必欲盡殺天地又何必生亦惟驅之使遠避之使不相害而已蜘蛛結網于人何罪或謂其夜間咒月令人墻傾壁倒遂擊殺無遺此等說話出于何經何典而遂以此殘物之命可乎哉可乎哉我不在家兒子便是你管束要須長其忠厚之情驅其殘忍之性不得以為猶子而姑縱惜也家人兒女總是天地間一般人當一般愛惜不可使吾兒凌虐他凡魚飧果餅宜均分散給大家歡嬉跳躍若吾兒坐食好物令家人子遠立而望不得一霑唇齒其父母見而憐之無可如何呼之使去豈非割心剜肉乎

夫讀書中舉中進士作官此是小事第一要明理作个好人可將此書讀與郭嫂饒嫂聽使二婦人知愛子之道在此不在彼也

書後又一紙

所云不得籠中養鳥而予又未嘗不愛鳥但養之有道耳欲養鳥莫如多種樹使遶屋數百株扶疎茂密為鳥國鳥家將旦時睡夢初醒尚展轉在被聽一片啁啾如雲門咸池之奏及披衣而起頮面漱口啜茗見其揚翬振彩倏往倏來目不暇給固非一籠一羽之樂而已大率平生樂處欲以天地為囿江漢為池各適其天斯為大快比之盆魚籠鳥其鉅細仁忍何如也

書後又一條

嘗論堯舜不是一樣堯為最舜次之人咸驚訝其實有至理焉孔子曰大哉堯之為君惟天為大惟堯則之孔子從未嘗以天許人亦未嘗以大許人惟稱堯不遺餘力意中口中却是有一無二之象夫雨暘寒燠時若者天也亦有時狂風淫雨兼旬累月

傷禾敗稼而不可救或亢旱數千里蝗蝝螟特肆生致草黃而木死而亦不害其為天之大天既生有麒麟鳳皇靈芝仙草五穀以養人矣而蛇虎蜂蠆蒺藜稂莠蕭艾之屬即與之俱生而並茂而亦不害其為天之仁堯為天子既已欽明文思光四表而格上下矣而共工驩兜尚列于朝又有

九載績用弗成之鯀而亦不害其爲堯之大渾渾乎一天也若舜則不然流共工放驩兜殺三苗殛鯀罪人斯當矣命伯禹作司空契爲司徒稷教稼皋陶掌刑伯益掌火伯夷典禮后夔典樂倕工鳩工以及殳戕朱虎熊羆之屬無不各得其職用人又得矣爲君之道至豪髮無遺憾故曰君哉舜也

又曰舜其大知也夫彰善癉惡者人道也善惡無所不容納者天道也堯乎堯乎此其所以爲天也乎厥後舜之子孫賓諸陳無一達人後代有齊國亦無一達人惟田横之卒五百人從之斯不愧祖宗風烈非天之薄于大舜而不予以後也其道已盡其數已窮更無從蘊而再發耳若堯之後至迂

且遠也豢龍御龍而有中山劉累至漢高而光有天下既二百年矣而又光武中興又二百年矣而又先帝入蜀以諸葛爲之相以關張爲之將忠義淵千古道德繼賢聖豈非堯之留餘不盡而後有此蔑淺也哉夫舜與堯同心同德同聖而吾爲是言者以爲作聖且有太盡之累則何事而可盡也留得一分做不到處便是一分蓄積天道其信然矣且天亦有過盡之弊天生聖人亦屢矣未嘗生孔子也及生孔子天地亦氣爲之竭而力爲之衰更不復能生聖人天受其弊而況人乎叶在范縣与進士田種玉孝廉宋縞言之及未誰縣與諸生郭偉勳談論咸鼓舞震動以爲得未曾有并書以寄舍弟且藏之匣中待

吾兒少長然後講與他聽与書中之意互相發明也

濰縣寄舍弟墨第三書

富貴人家延師傅教子弟至勤至切而立學有成者多出于附從貧賤之家而己之子弟不與焉不數年間變富貴為貧賤有寄人門下者有餓莩乞丐者或僅守厥家不失溫飽而目不識丁或百中之一亦有發達者其為文章必不能沉著痛快刻骨鏤心為世所傳誦豈非富貴足以愚人而貧賤足以立志而濬慧乎我雖微官吾兒便是富貴子弟其成其敗吾已置之不論但得附從佳子弟有成亦吾所大願也至于延師傅待同學不可不慎吾兒六歲年最小其同學長者當稱為某先生次亦稱為某兄不

得直呼其名紙筆墨硯吾家所有宜不時散給諸衆同學每見貧家之子寡婦之兒求十數錢買川連紙釘做字簿而十日不得者當察其故而無意中與之至陰雨不能即歸輒留飯薄暮以舊鞋與穿而去彼父母之愛子雖無佳好衣服必製新鞵襪來上學堂一遭泥濘復製為難矣夫擇師為難

敬師為要擇師不得不審既擇定矣便當尊之敬之何得復尋其短吾人一涉宦途即不能自課其子弟其所延師不過一方之秀未必海內名流或暗笑其非或明指其誤為師者既不自安而教法不能盡心子弟復持藐忽心而不力于學此最是受病處不如就師之所長且訓吾子弟之不逮如必不可從少待來年更請他師

而年內之禮節尊崇必不可廢

又有五言絕句四首小兒順口好讀令吾兒且讀且唱月下坐門檻上唱與二太太兩母親叔叔嬸娘聽便好騙果子喫也

二月賣新絲五月糶新穀醫得眼前瘡剜却心頭肉

耘苗日正午汗滴禾下土誰知盤中飧粒粒皆辛苦

昨日入城市歸來淚滿巾遍身羅綺者不是養蠶人

九九八十一窮漢受罪畢纔得放脚眠蚊

器犒蠢也

濰縣寄舍弟墨第四書

凡人讀書原拏不定發達然即不發達
要不可以不讀書主意便拏定也科名不
來學問在我原不是折本的買賣愚兄
而今已發達矣人亦共稱愚兄爲善讀書
矣究竟自問胸中擔得出幾卷書來不
過那移借貸改竄添補便尔釣名欺世

人有負于書耳書亦何負于人哉昔有人
問沈近思侍郎如何是救貧的良法沈
曰讀書其人以爲迂闊其實不迂闊
也東投西竄費時失業徒喪其品而卒歸于
無濟何如優游書史中不求獲而得力在
眉睫間乎信此言則富貴不信則貧賤亦
在人之有識與有決并有忍耳

濰縣署中與舍弟第五書

無論時文古文詩歌詞賦皆謂之文章
今人鄙薄時文幾欲逬諸筆墨之外
何太甚也將毋醜其貌而不鑑其深乎
愚謂　本朝文章當以方百川制藝
爲第一侯朝宗古文次之其他歌詩辭
賦扯東補西拖張拽李皆拾古人之唾餘
不能貫串以無真氣故也百川時文精粹
湛深抽心苗發興旨繪物態狀人情千

迴百折而卒造乎淺近朝宗古文標新
領異指畫目前絕不受古人羈絏然
語不道氣不深終讓百川一席憶予幼
時行匣中惟徐天池四聲猿方百川制藝
二種讀之數十年未能得力亦不撒手
相與終焉而已世人讀牡丹亭而不讀四
聲猿何也
文章以沉著痛快爲最左史莊騷杜詩

韓文是也。間有一二不盡之言，言外之意，以少少許勝多多許者，是他一枝一節好處，非六君子本色。而世間娖娖纖小之夫，專以此為能，謂文章不可說破，不宜道盡，遂訾人為剌剌不休。夫所謂剌剌不休者，無益之言，道三不著兩耳。至若敷陳帝王之事業，歌詠百姓之勤苦，剖晰聖賢之精義，描摹英傑之風

猷，豈一言兩語所能了事？豈言外有言、味外取味者所能秉筆而快書乎？吾知其必目昏心亂，顛倒拖沓，無所措其手足也。王、孟詩原有實際，不可磨滅處，只因務為修潔，到不得李、杜沉雄。司空表聖自以為得味外味，又下于王、孟一二等。至今之小夫，不及王、孟、司空萬萬，專以意外言外自文其陋，可笑也。若絕句詩

小令詞則必以意外言外取勝矣。宵寐匪禎，札闥洪庥，以此訾人，是歐公正當處，然亦有淺易之病。逸馬殺犬于道，是歐公簡鍊處，然五代史亦有太簡之病。高密單進士烺曰：不是好譏古人，無非求其至是。

寫字作畫是雅事，亦是俗事。大丈夫不能立功天地，字養生民，而以區區筆墨供人玩好，非俗事而何？東坡居士刻刻以天地萬物為心，

以其餘閒作為枯木竹石，不害也。若王摩詰、趙子昂輩，不過唐宋間兩畫師耳！試看其平生詩文，可曾一句道着民間痛癢？設以房杜姚宋在前，韓范富歐陽在後，而以二子廁乎其間，吾不知其居何等而立何地矣！門館才情，游客伎倆，只合剪樹枝，造亭榭，辨古玩，鬬茗茶，為掃除小吏作頭目而已，何足數哉！何足數哉！愚兄少而無業，長而無成，老而窮

窘不得已亦借此筆墨為餬口覓食之資夫實可羞可賤願吾弟發憤自雄勿蹈乃兄故轍也古人云諸葛君真名士名士二字是諸葛纔當受得起近日寫字作畫滿街都是名士豈不令諸葛懷羞高人齒冷

與舍弟書十六通　　司徒文膏刻

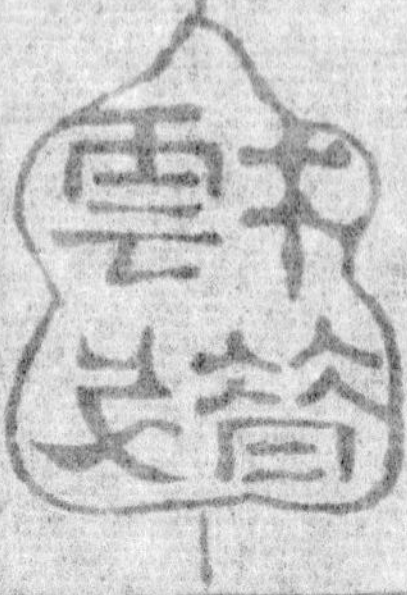

小唱

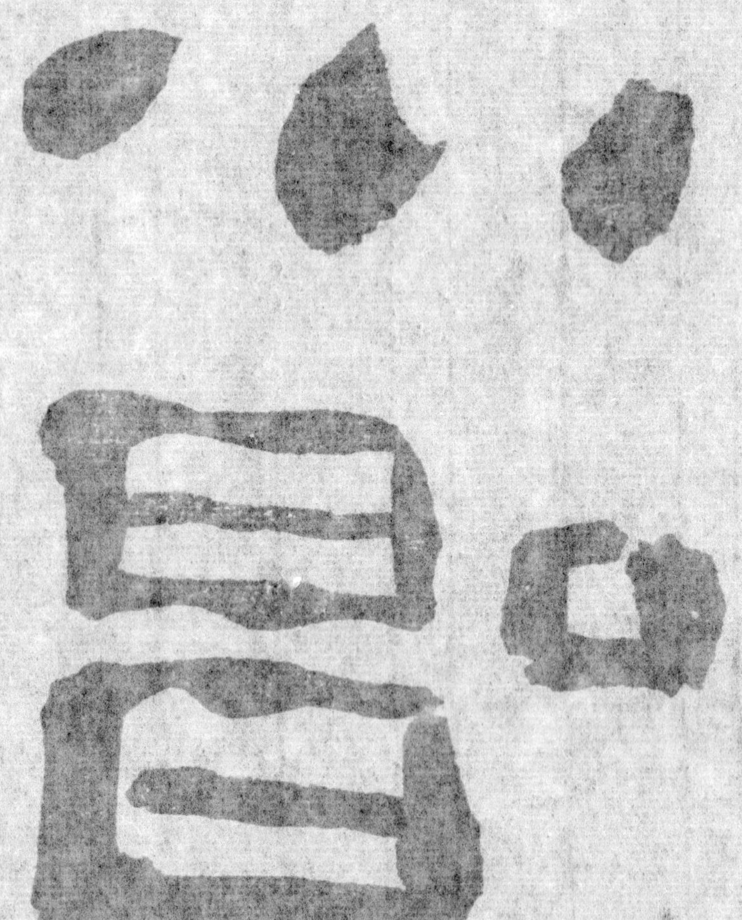

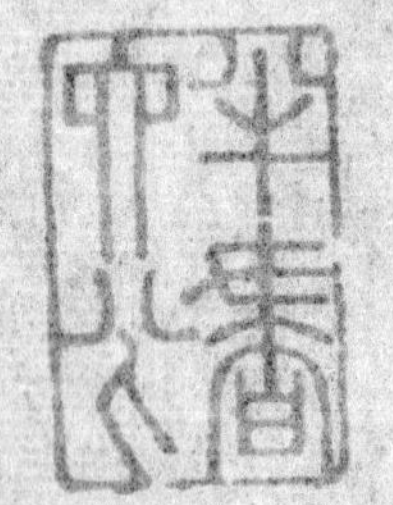

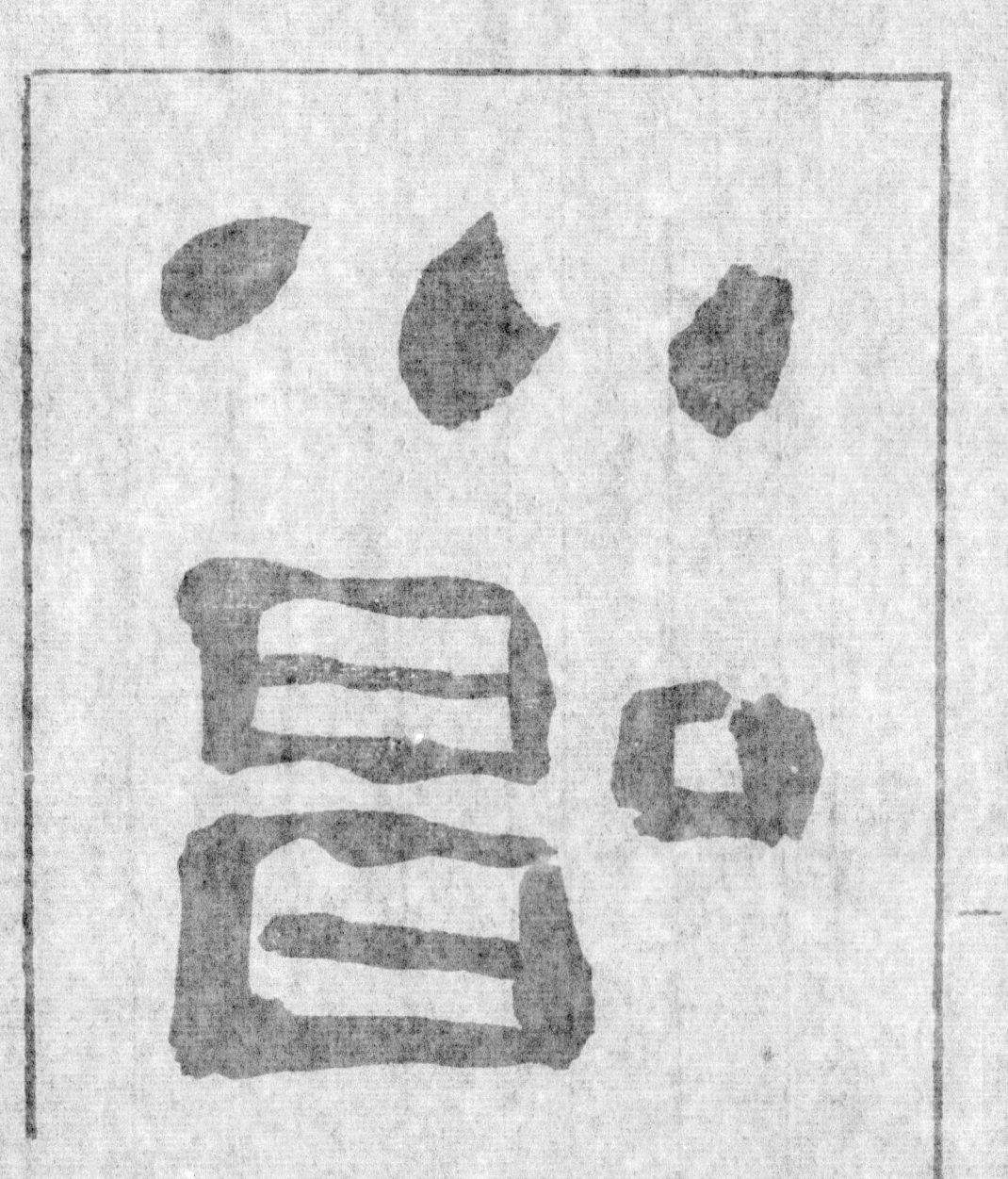

道情十首

板橋鄭燮著

楓葉蘆花並客舟，烟波江上使人愁。勸君更盡一杯酒，昨日少年今白頭。自家板橋道人是也。我先世元和公公，流落人間，教歌度曲。我如今也譜得道情十首，無非喚醒癡聾，銷除煩惱。每到山青水綠之處，聊以自遣自謌；若遇爭名奪利之場，正好覺人覺世。這也是風流世業，措大生涯，不免將來請教諸公，以當一笑。

老漁翁，一釣竿，靠山崖，傍水灣；扁舟來往無牽絆。沙鷗點點輕波遠，荻港蕭蕭白晝寒，高歌

一曲斜陽晚一霎時波揺金影蕩
抬頭月上東山
老樵夫自砍紫細青松夾綠槐茫
茫野草纔山外豐碑是處成荒
塚華表千尋臥碧嵤墳前石馬
磨刀壞倒不如門錢沽酒醉醺
醺山徑歸來
老頭陀古廟中自燒香自打鐘

兔葵燕麥閒齋供山門破落無
關鎖斜日蒼黃有亂松秋星閃
爍頹垣縫裏漆漆蒲團打坐夜燒
茶爐火通紅
水田衣衣道人背葫蘆戴袱巾
棱蕤布襪相廝稱脩琴賣藥
般般會捉鬼拏妖件件能白雲
紅葉歸山徑閒說道懸岩結庵

却教人何處相尋

老書生白屋中說黃虞道古風許多後輩高科中門前僕從雄如虎陌上旌旗去似龍一朝勢落成春夢倒不如蓬門僻巷教幾个小小蒙童

儘風流小乞兒數蓮花唱竹枝千門打鼓沿街市橋邊日出猶酣睡山外斜陽已早歸殘杯冷炙饒滋味醉倒在迴廊古廟一憑他雨打風吹

掩柴扉怕出頭剪西風菊徑秋看看又是重陽後幾行衰草迷山郭一片殘陽下酒樓棲鴉點上蕭蕭柳撮幾句盲辭瞎話交還他鐵板歌喉

[illegible]

[illegible]

遡唐虞遠夏殷卷宗周入暴秦爭
雄七國相兼并文章兩漢空陳迹
金粉南朝總廢塵李唐趙宋慌
忙盡最可歎龍盤虎踞儘銷磨
燕子春燈
弔龍逢哭比干羨莊周拜老聃
未央宮裏王孫慘南來薏苡徒
興謗七尺珊瑚只自殘孔明枉作那

英雄漢早知道茅廬高臥省多
少六出祁山
撥琵琶續續彈喚庸愚警懦
頑四條弦上多哀怨黃沙白草無
人跡古戍寒雲亂鳥還虞羅慣打
孤飛雁收拾起漁樵事業任從
他風雪關山
風流家世元和老舊曲翻新調扯

碎狀元袍脫却烏紗帽俺唱這
道情兒歸山去了

是曲作于雍正七年屢抹屢更
至乾隆八年乃付諸梓刻者司
徒文膏也

圖書在版編目（CIP）數據

板橋集 /（清）鄭燮撰. -- 揚州 : 廣陵書社,
2022.6
（清刻珍本叢刊）
ISBN 978-7-5554-1879-5

Ⅰ. ①板… Ⅱ. ①鄭… Ⅲ. ①中國文學－古典文學－作品綜合集－清代 Ⅳ. ①I214.92

中國版本圖書館CIP數據核字(2022)第097259號

ISBN 978-7-5554-1879-5

板橋集

撰　　者　〔清〕鄭燮
責任編輯　徐大軍
出 版 人　曾學文
出版發行　廣陵書社
社　　址　揚州市四望亭路2-4號
郵　　編　二二五〇〇一
電　　話　（〇五一四）八五二二八〇八一（總編辦）
　　　　　八五二二八〇八八（發行部）
印　　刷　揚州文津閣古籍印務有限公司
版　　次　二〇二二年六月第一版
印　　次　二〇二二年六月第一次印刷
標準書號　ISBN 978-7-5554-1879-5
定　　價　伍佰捌拾圓整（全肆册）

http://www.yzglpub.com　　E-mail:yzglss@163.com